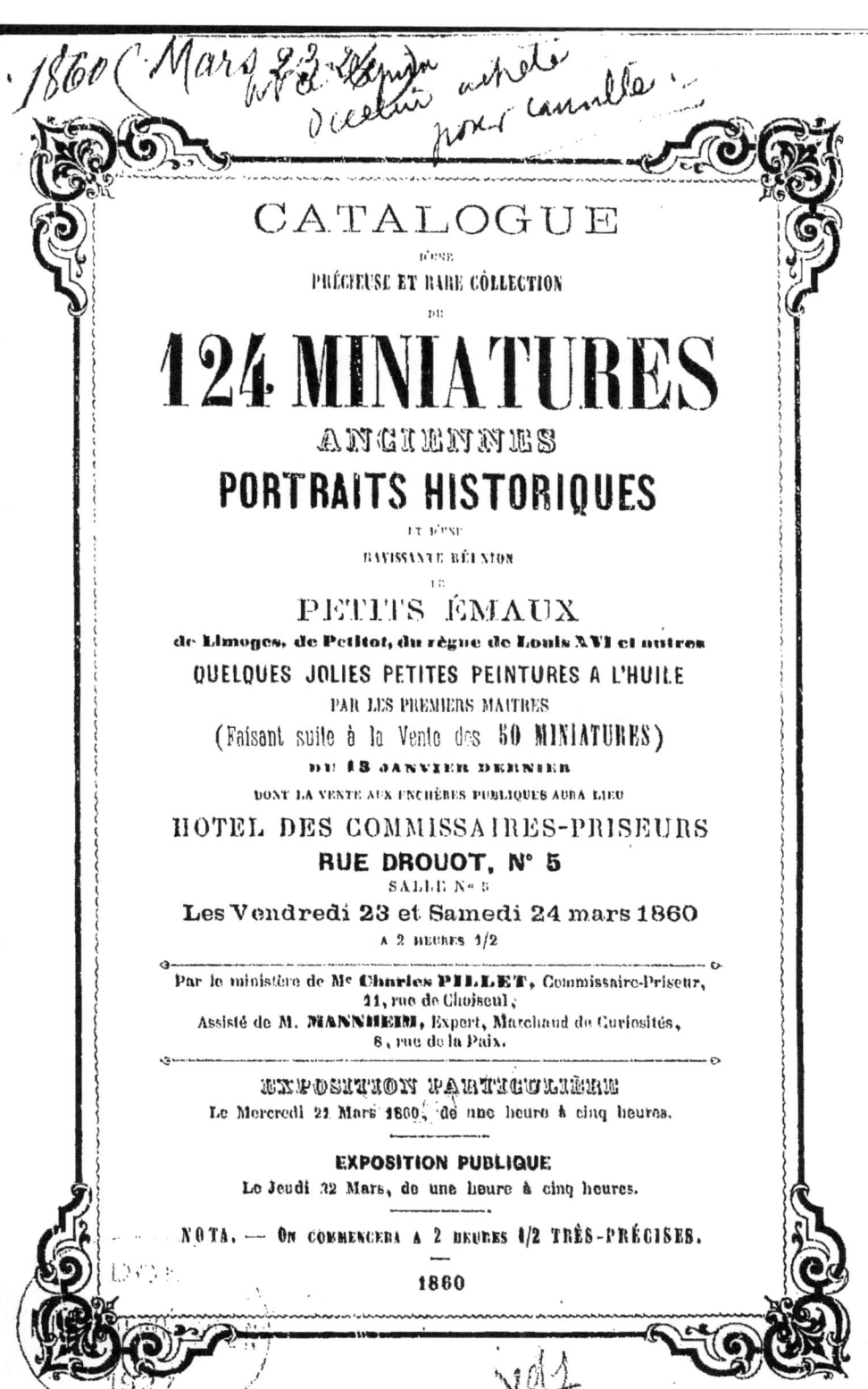

1860 Mars 23... Vendu... prix... pour annuler

CATALOGUE

D'UNE

PRÉCIEUSE ET RARE COLLECTION

DE

124 MINIATURES

ANCIENNES

PORTRAITS HISTORIQUES

ET D'UNE

RAVISSANTE RÉUNION

DE

PETITS ÉMAUX

de Limoges, de Petitot, du règne de Louis XVI et autres

QUELQUES JOLIES PETITES PEINTURES A L'HUILE

PAR LES PREMIERS MAITRES

(Faisant suite à la Vente des 50 MINIATURES)

DU 13 JANVIER DERNIER

DONT LA VENTE AUX ENCHÈRES PUBLIQUES AURA LIEU

HOTEL DES COMMISSAIRES-PRISEURS

RUE DROUOT, N° 5

SALLE N° 5

Les Vendredi 23 et Samedi 24 mars 1860

A 2 HEURES 1/2

Par le ministère de M° **Charles PILLET**, Commissaire-Priseur, 11, rue de Choiseul;

Assisté de M. **MANNHEIM**, Expert, Marchand de Curiosités, 8, rue de la Paix.

EXPOSITION PARTICULIÈRE

Le Mercredi 21 Mars 1860, de une heure à cinq heures.

EXPOSITION PUBLIQUE

Le Jeudi 22 Mars, de une heure à cinq heures.

NOTA. — ON COMMENCERA A 2 HEURES 1/2 TRÈS-PRÉCISES.

1860

BENOU ET MAULDE, IMPRIMEURS DE LA COMPAGNIE DES COMMISSAIRES-PRISEURS
144, rue de Rivoli.

CATALOGUE

D'UNE

PRÉCIEUSE ET RARE COLLECTION

DE

124 MINIATURES

ANCIENNES

PORTRAITS HISTORIQUES

ET D'UNE

RAVISSANTE RÉUNION

DE

PETITS ÉMAUX

de Limoges, de Petitot, du règne de Louis XVI et autres

QUELQUES JOLIES PETITES PEINTURES A L'HUILE

PAR LES PREMIERS MAITRES

(Faisant suite à la Vente des **50 MINIATURES**)

DU 18 JANVIER DERNIER

DONT LA VENTE AUX ENCHÈRES PUBLIQUES AURA LIEU

HOTEL DES COMMISSAIRES-PRISEURS

RUE DROUOT, N° 5

SALLE N° 5

Les Vendredi 23 et Samedi 24 mars 1860

A 2 HEURES 1/2

Par le ministère de M° **Charles PILLET**, Commissaire-Priseur, 11, rue de Choiseul,

Assisté de M. **MANNHEIM**, Expert, Marchand de Curiosités, 8, rue de la Paix.

EXPOSITION PARTICULIÈRE

Le Mercredi 21 Mars 1860, de une heure à cinq heures.

EXPOSITION PUBLIQUE

Le Jeudi 22 Mars, de une heure à cinq heures.

NOTA. — ON COMMENCERA A 2 HEURES 1/2 TRÈS-PRÉCISES

1860

CONDITIONS DE LA VENTE

Elle sera faite au comptant.

Les acquéreurs payeront, en sus des adjudications, CINQ pour cent applicables aux frais.

Le Catalogue se distribue :

A Londres.......	Chez MM.	COLNAGHI, marchand d'Estampes.
A Bruxelles......	—	LEROY, Expert du Musée Royal.
A Amsterdam ...	—	DEVRIES.
A Rotterdam....	—	LANNE.
A Vienne........	—	ARTARIA et Cie.
A Berlin.........	—	PASSALACQUA, Directeur du Musée.
A Lyon..........	--	HAET, marchand d'Estampes.
A Lille..........	—	TENCÉ père.
A Rouen........	—	BILLARD, marchand de Curiosités.
A Marseille.... .	—	PETIT-BERGONE.

1860

AUX AMATEURS ET COMPÉTITEURS

des Miniatures du 13 Janvier dernier.

Les Amateurs ont dû remarquer que la Vente de ces
60 Miniatures s'est faite, *presque*, à la satisfaction de
tous les Connaisseurs, et surtout à celle de ceux qui s'en
sont rendus adjudicataires; aussi la plupart d'eux,
Collectionneurs distingués, ont-ils dès lors refusé de les
céder à aucun prix.

C'est d'après cette remarque que plusieurs personnes,
qui les avaient poussées, reconnaissent aujourd'hui que
l'homme *conséquent* ne s'épuise pas publiquement en
louanges sur le mérite des objets qu'il désire posséder...

Les 124 Miniatures et les Émaux de cette rare Collection, qui sera livrée au sort des enchères les 23 et
24 mars prochain, renferme une quantité de petits chefs-

d'œuvre par les premiers Maîtres anciens, et proviennent des premières Collections de l'Europe.

Nous espérons, sans contredit, qu'ils seront encore mieux appréciés par les Amateurs sérieux aussi bien que par ceux qui, doués de la connaissance des belles choses, savent les apprécier à leur juste valeur.

La Vente devant commencer A 2 HEURES 1/2 TRÈS-PRÉCISES, nous invitons Messieurs les Amateurs à se trouver au commencement de la Vacation, afin de ne pas laisser échapper les objets qu'ils désirent acquérir.

Un dernier mot!... Bien que la plupart des Portraits historiques soient incontestables, et qu'ils aient été collectionnés avec attention par leur propriétaire, nous laissons aux vrais Connaisseurs le soin d'en apprécier l'authenticité et le mérite, ne voulant en rien influencer ni leur goût ni leur jugement.

(Note du propriétaire.)

DÉSIGNATION

des

MINIATURES

—«‹‹‹○›››»—

ARLOT

1 — Portrait de Mme de Pompadour.

Ravissante miniature.

AUGUSTIN

2 — M. le comte de P...

Charmante miniature regardée comme un chef-d'œuvre
du bon temps de ce grand peintre.

DU MÊME

3 — L'Innocence à l'étude.

D'après Greuze.

Charmante copie de ce grand maître.
Cadre en bronze Louis XVI, richement ciselé et doré.

AUGUSTIN

4 Une charmante Bacchante.

D'après Greuze.

(Signée et datée.)

BOBE

5 Mlle Adeline, jolie actrice de la Comédie-Française.

Ravissant portrait.

Les œuvres de ce grand maître sont des plus rares. Il était contemporain de Bragustin et aussi l'un des maîtres de Hall, qui adopta sa manière large et gracieuse, aussi bien que la finesse de son coloris.

(Signé et daté.)

BOUCHARDY

6 — La pauvre Artiste.

Cette miniature est reconnue pour être le chef-d'œuvre de ce grand artiste, qui a égalé les maîtres sous lesquels il a fait ses études (Saint et Augustin). Elle représente sa sœur. Un grand amateur, gentilhomme anglais, lui en avait offert 3,000 fr.

Provient de sa vente après décès.

(Signée.)

BOUCHARDY

7 — Le roi Louis-Philippe d'Orléans et son fils aîné, le duc d'Orléans.

Deux portraits faisant pendant, dans de riches cadres en bronze dorés et ciselés, avec écusson fleurdelisés et chiffres de famille.

(Signés et datés.)

BOUCHER

8 — Bergère avec un mouton au milieu d'un paysage.

Dans un cadre en bronze à amours richement ciselé et doré.

(Daté et signée.)

BOUCHER

9 — L'Attente, femme sur un sopha.

Ravissante miniature.

(Signée et datée.)

CAMPANA

10 — Mlle de Saint-Aldegonde.

Ravissante miniature qui a fait partie de la collection du Roi.

CHARLIER

11 — Le petit Indiscret, femme endormie.

Pouvant faire pendant au n° 9. Tous deux sont dans des cadres richement ciselés et dorés.

DU MÊME

12 — Une Naïade dans les roseaux.

Ravissante production de ce grand artiste.

DU MÊME

13 — Le berger Actéon surprenant Diane et ses nymphes.

(Signée et datée.)

13 bis — La Fontaine d'amour.

Ces deux miniatures seront vendues ensemble.

CIEDLIN

14 — Mlle Raucourt (Saucerotte), célèbre actrice.

Les œuvres de cet artiste sont très-rares.

(Signée.

DÉGAULT

15 — Deux très-jolies grisailles de cet artiste dans de riches cadres ciselés, représentant des bacchanales.

DUMONT

16 — Louis XVI.

Ravissant portrait, dans un cadre en bronze aux armes des Bourbons richement ciselé et doré.

DU MÊME

17 — Mlle Louise-Henriette de Bourbon Conty.

Mme Anne-Henriette, seconde de France.

Miniatures très-fines remplies de détails.

FRAGONARD

18 — L'Oiseau mort et la Dormeuse.

Jolies miniatures faisant pendants.

Deux jolies miniatures dans des cadres en bronze ciselés et dorés, genre Louis XVI, surmontés de tourterelles.

DU MÊME

19 — Invocation à l'Amour.

Petite miniature très-riche de couleur, dans un cadre en bronze pareil aux précédents.

FRÉMY

20 — Portrait de la duchesse d'Angoulême à
l'époque de son arrivée à Vienne, après
son échange contre les prisonniers français.

Miniature curieuse.

(Signée.)

GIOVANI

21 — Mme de Pompadour en habit de chasseresse.

Miniature très-curieuse.

(Signée.)

HALL

PEINTRE DU ROI LOUIS XV

22 — Portrait de Canova, célèbre sculpteur.

Précieuse miniature dans laquelle figure un tableau
peint par lui et peu connu en peinture : *Les Trois
Grâces venant tenter saint Antoine.*

DU MÊME

23 — Mme de Case tenant son fils sur ses genoux.

Délicieuse miniature, l'une des plus fines de ce grand
peintre.

(Signée et datée.)

DU MÊME

24 — Mlle de Saint-Huberti, charmante actrice.

Ravissant portrait.

(Signée.)

HALL

25 — Mme Banistère, actrice anglaise du théâtre de Covent-Garden.

(Signée.)

DU MÊME

26 — Mme de Villette.

Miniature d'un bel effet, riche de couleur et très-gracieuse. Elle tient une corbeille de fleurs sur les genoux.

Elle coûta au marquis D... (en 1827), 1,500 fr.

DU MÊME

27 — Mme de Cossé-Brissac.

Belle miniature largement esquissée. — Elle est dans un jardin tenant son enfant.

HULOT DE VÉROCELLES

28 — Marie-Antoinette.

Grande miniature allégorique. — La Reine est assise devant un temple, tenant un bouclier aux fleurs-de-lis, duquel découle la source d'un fleuve ; tout autour sont placés une multitude d'enfants. Au bas de la miniature, se trouve la devise suivante : *La Reine de France répand partout la paix et l'abondance.*

Cadre Louis XVI *très-riche* surmonté d'un écusson fleurdelisé.

(Signée et datée.)

ISABEY

29 — Marie-Élisabeth Joly, du Théâtre-Français.

Cette miniature peut être regardée comme une des plus belles productions de ce maître.

DU MÊME

30 — Mme Récamier.

Dans son cabinet de réception. Cadre en bronze richement ciselé et doré.

(Signée.)

JOHNSON

31 — Mme Abington, célèbre actrice anglaise.

Les œuvres de cet artiste anglais, contemporain de Hall, sont très-recherchées.

KLINGSTET

32 — L'Amour offrant une fleur à Vénus.

DU MÊME

33 — Une Tentation de saint Antoine.

KLINGSTET

34 — Le Berger téméraire.

Charmante production de ce maître, dans un cadre en bronze à amours, richement ciselé et doré.

LAVREINCE

35 — Charmant groupe de trois Actrices célèbres de la Comédie-Italienne.

Ravissante production de cet artiste.

LAWRENCE

36 — Mme Alsop, très-jolie tragédienne anglaise.

L'expression et le coloris de cette charmante miniature démontrent le talent de ce grand peintre.

MARIGNY

37 — Miss Nelly O'Brien, célèbre actrice anglaise. Elle chante et joue du tambour de basque.

Provenant de lord Byron.

MASSÉ

38 — Mlle Gaussin, célèbre actrice du Théâtre-Français.

Ravissante production de ce grand artiste, dans un joli cadre surmonté de tourterelles.

MASSÉ

39 — La Création. Adam et Ève dans le Paradis terrestre.

Ravissante miniature sur ivoire, riche de détails (1626), dans un cadre en bronze richement ciselé et doré.

DU MÊME

40 — Mlle Laguerre, célèbre cantatrice de l'ancien Opéra.

Délicieux portrait dans un joli petit cadre richement ciselé et doré.

MASSÉ & SCOTTI

41 — Leczinska, femme de Louis XV, et ses filles, Mlles Adélaïde, Sophie et Victoire.

Quatre jolies miniatures dans un cadre noir, surmonté d'un écusson fleurdelisé.
Précieuse et charmante réunion.

MULLER

42 — L'Artiste amoureux de son sujet.

Ravissante miniature sur ivoire, dans un joli cadre en ébène, avec marqueterie. Ce petit bijou provient du marquis d'Allgre.

NICOLE

43 — Vue de Naples.

Dessin d'une très-grande finesse.

NOËL

43 bis. — Port maritime.

Ces deux charmantes marines, d'un très-bel effet, formant
pendant, seront vendues ensemble.

OLIVIER

44 — Mlle Beaumenard, connue après sous le nom
de Mme Belcourt, actrice contemporaine de
Sophie Arnould. Célèbre par sa beauté et
ses intrigues.

(Signée.)

PRUD'HON

45 — Prière à Minerve.

Une jeune mère, tenant son enfant sous son voile, et
accompagnée de son chien fidèle, est agenouillée devant
un autel; elle offre un sacrifice à cette déesse. Ravissante
gouache de ce grand maître, où l'on reconnaît, dans
le visage de la jeune mère et dans celui de son enfant,
la suavité du pinceau de ce grand artiste.

SAVIGNAC & VAN BLAREMBERGHE

46 — Deux très-jolies Gouaches dans des cadres
dorés, représentant une vue maritime et
champêtre, avec une chasse à courre.

SICARDI

47 — Une Déesse de la peinture.

(Signée et datée.)

DU MÊME

48 — Le célèbre grammairien anglais Thomson.
MINIATURE UNIQUE ET D'UNE GRANDE VÉRITÉ.

DU MÊME

49 — Robespierre (Maximilien), célèbre membre
de la Convention, décapité avec son frère.

Ce portrait unique, comme original, fut trouvé à son
domicile. Il resta longtemps en la possession du prési-
dent Barras ; à ce portrait est joint l'acte d'arrestation
qui le conduisit à l'échafaud.

VESTIER

50 — Mlle Favart, de la Comédie Française. Elle est
en costume rose et tenant un joli bouquet.

Gracieuse miniature.

VESTIER & SCOTTI

51 — Mlle Allard et Mlle Dangeville, toutes deux célèbres danseuses de la Comédie-Française.

Dans deux jolis cadres surmontés chacun de deux amours tenant une couronne.

VERONI-SCUDÉRY (1724)

52 — Les trois Grâces (d'après l'Antique).

Chef-d'œuvre de ce maître, dans un joli cadre Louis XVI en bronze doré et ciselé ; la glace est en cristal de roche. Ce charmant médaillon, de forme ovale, provient de la vente après décès (1849) du célèbre membre de l'Institut, M. Quatremer de Quincy ; il lui avait coûté 2,500 fr.

WEBER (1792)

53 — La Tentation de Silène.

Groupe charmant, d'une très grande finesse, composé de quatre personnages dans un grand cadre en bronze (4 amours, avec attributs) richement ciselé et doré.

ÉMAUX, FIXÉS

LA PLUPART PROVENANT DE DESSUS DE TABATIÈRES

QUELQUES SUJETS A L'HUILE

54 — **Mᵐᵉ de Souvray**, par Petitot. Ravissant émail
de ce grand maître, d'une grande finesse et d'une
parfaite conservation.

Ce portrait, qui est de la plus grande beauté, provient
d'une des premières collection de l'Europe.

55 — **Rébecca à la fontaine**, bel émail sur or,
d'une belle conservation et d'un beau coloris.

56 — **Vénus désarmant les Amours** et couronnée par eux. Charmante composition. (ÉMAIL
LOUIS XVI.) UNIQUE!... par son dessin, son coloris
et sa conservation.

57 — **Hyppolite Clairon de Latude**, sur la
scène. Cette célèbre tragédienne est représentée
dans un temple avec cinq personnages. Émail rare
par sa finesse, son coloris et sa conservation, monté
dans un cadre en bronze doré à amours, surmonté
de renommées.

58 — **Pierre-le-Grand.** Ce portrait, peint par la célèbre artiste L. Kugler, est remarquable par sa
grande finesse et son coloris; cet émail lui fut
commandé en 1805 par la cour de Russie; elle le
garda jusqu'à sa mort; il est monté dans un cadre
en bronze doré.

59 — **La Générale Leclerc**, sœur de Napoléon Ier. Émail par la même artiste, signé et daté 1806.

60 — **Mars et Vénus au bain.** Bel émail carré, d'un beau coloris et d'une parfaite conservation, dans un riche cadre en bronze, à amours avec attributs, ciselé et doré.

61 — **Vénus guidée par l'Amour.** Ravissant émail d'une grande finesse et d'un beau coloris, dans un riche cadre en bronze ciselé et doré.

62 — **Nymphe invoquant l'Amour.** Charmant émail d'un beau coloris, dans un cadre uni, Louis XVI, en bronze doré ou en bas or.

63 — **Mars et Vénus.** Deux émaux sur or, dans des cadres Louis XVI à lauriers et rubans, provenant de bracelets.

64 — **Vénus faisant l'éducation des Amours.** Ravissant émail d'un joli coloris et d'une parfaite conservation.

65 — **Le Seigneur à sa ferme.** Émail rond, riche de détails, craquelé en plusieurs endroits.

66 — **Bacchus couronnant Vénus.** Joli émail opalin sur or, craquelé en plusieurs endroits.

67 — **Le Serment de la Vestale.** Émail dans un petit cadre en bronze à fleurs, richement ciselé et doré.

67 bis. **Le Serment de l'union.** Charmant émail grisaille, de Mailly, dans un cadre à amours. Ces deux jolis émaux seront vendus ensemble.

68 — **Dorothy-Percy, comtesse de Leicester** (1659). D'après Van Dyck. Ce portrait provient de la collection du Duc d'York. Émail capital d'une grande finesse.

69 — **La Force conduite par l'Amour.** Joli émail sur or. D'après Rubens.

70 — **Nymphe guidée par des Amours.** Émail très-fin et d'un beau coloris.

71 — **Le coucher de la Mariée.** Émail très-fin.

72 — **La Charité Romaine.** Émail d'une belle conservation.

73 — **Vue de la ville de Francfort**, prise sur le Mein. Joli émail sur or.

73 bis. — **Une vue d'Écosse.** Ravissant fixé de Robertson, d'une très-grande finesse et d'un beau coloris (1816). Ces deux sujets, montés dans de jolis cadres en bronze ciselés et dorés, surmontés d'aigles, seront vendus ensemble.

74 — **Neptune conduisant son char.** Émail très-fin, d'une belle conservation.

75 — **Une scène tragique.** Petit émail représentant une tragédienne avec deux guerriers, dans un joli cadre à tourterelles en bronze ciselé et doré.

76 — **Vénus et son messager.** Charmant émail sur or, d'un très-beau coloris et d'une belle conservation, dans un joli cadre à aigles et guirlande de fleurs.

77 — **Vénus tourmentée par un songe.** Émail très-fin, d'un beau coloris et d'une parfaite conservation.

78 — **Le roi Assuérus.** Joli émail représentant plusieurs personnages sur la scène, dans un cadre à perles.

79 — **Le Christ et la Vierge.** Deux ravissants émaux de Limoges, peints sur paillons (1640), d'une entière conservation, dans deux jolis petits cadres massifs en bronze ciselés et dorés.

80 — **D'Aguesseau (le grand chancelier).**

80 bis. — **Augereau (le général).** Ces deux beaux émaux, peints par L. Kugler, datent de 1806, ils sont montés dans de beaux cadres en bronze ciselés et dorés. Ils seront vendus ensemble.

81 — **Saint Antoine de Padoue.** Très-bel émail de Limoges, peint sur paillons, d'une belle conservation, dans un joli cadre en bois richement sculpté et doré.

82 — **La jolie soubrette.** Ravissant émail de Louise Kugler, dans un joli cadre en bronze ciselé et doré. (Signé.)

83 — **Scène flamande.** Joli émail de forme carrée, d'une belle conservation.

84 — **Ascension de la Vierge.** Émail de Limoges. Ancienne Paix, d'une grande finesse, dans son ancienne monture.

85 — **Hommage rendu à Cérès.** Petite grisaille, par Dégault, dans un joli petit cadre doublé or. (Signé.)

86 — **Adoration de l'Enfant Jésus.** Émail italien du quinzième siècle, d'une très-grande finesse et d'une belle conservation, dans un cadre du temps en bois sculpté et doré.

87 — **Saint Louis, roi de France.** Émail de Limoges, dans un cadre du temps, en bois sculpté et à fleurs-de-lis.

88 — **Le Serment à l'autel de l'Amour.**

88 bis. — **La Leçon de musique.** Deux jolis petits émaux Louis XVI, dans des cadres en bronze ciselé et doré. Ils seront vendus ensemble.

89 — **Mme d'Harcourt en Vestale.** Grand et bel émail, par Weiler, d'une belle conservation, dans un cadre en bois doré à amours avec attributs, richement ciselé.

90 — **Mme de La Vallière.** Jolie copie de PETITOT, par le célèbre peintre Lambert, dans un beau cadre Louis XVI en bronze ciselé et doré au mat.

91 — **La naissance de Bacchus.** Joli émail, riche de détails, dans un cadre en bronze ciselé et doré.

92 — **Chien de chasse en arrêt.** Joli émail de Soiron, dans un beau cadre en bronze ciselé et doré.

93 — **La naissance de Jésus.** Émail bizantin, dans un petit cadre ancien en ébène.

94 — **Mme de Maintenon.** Ravissante miniature, dans un joli médaillon du temps (Attribuée à Petitot).

95 — **Dames de la cour de Louis XIV.** Émail sur or, peint des deux côtés, dans un petit médaillon uni.

95 bis. **Vénus et l'Amour.** Émail en relief, attribué à Benevenuto-Cellini, dans un petit médaillon du temps en filigrane. Ces deux charmants objets seront vendus ensemble.

96 — **Bardo-Bardi de Magalotti**, gouverneur de Valenciennes, sous Louis XIV. Émail capital, peint par le célèbre WEILER, d'une belle conservation, dans un cadre en bronze richement ciselé et doré.

97 — **La Sortie du bain.** Baigneuses dans un paysage. Émail du temps de Louis XV.

98 — **Lavoisier,** célèbre chimiste. Émail par Soiron. *Il est représenté quittant sa prison pour l'échafaud.* PORTRAIT UNIQUE !...

99 — **Vénus couronné par l'Amour.** Ravissant émail Louis XVI. Belle composition. Grisaille d'après Greuze.

100 — **Napoléon Ier.** Émail de Spurzem, d'après Gérard. Cette charmante ressemblance, prise en 1804, est une des plus fidèle du grand Empereur.

101 — **Invocation à l'Amour.** Ravissante peinture à l'huile, sur nacre, par ou d'après Boucher, dans un joli cadre en bronze doré à tourterelles.

102 — **Bergers et Bergères à la fontaine.** Ravissante peinture à l'huile (genre Watteau) dans un joli cadre en bronze ciselé et doré.

103 — **Les Jeux de l'Enfance.** Deux charmants petits sujets, provenant d'une boîte à mouches, dans des cadres en bronze dorés (seront vendus ensemble).

MINIATURES

ET

SUJETS A L'HUILE

—⋘ ❧ ⋙—

BOUCHER

104 — Les Baigneuses surprises par Jupiter, sous la forme d'un cygne.

105 — Le Repos des Nymphes aux amours, gardées par Jupiter sous la forme d'un cygne.

Ces deux ravissantes peintures à l'huile pourront être vendues ensemble.

(Signées.)

BOUCHER (D'APRÈS)

106 — Les Plaisirs champêtres.

Ravissante peinture d'une très-grande finesse, dans un très-grand cadre en bronze richement ciselé et doré.

CHARDIN

107 — La bonne Servante.

Peinture à l'huile sur panneau. Jolie petite production de cet artiste.

CHARLET

108 — Le Chien du régiment.

Charmant petit fixé, dans un joli cadre surmonté d'un aigle en bronze ciselé et doré.

DEMAY

109 — Vue de Paris prise sous une voûte.

Joli fixé d'une grande finesse.

GREUZE (ou d'après)

110 — Le Bonheur de famille.

Charmant fixé à l'huile dans un joli cadre Louis XVI, perles à lauriers et à rubans. Miniatures à l'huile très-rare !...

LANCRET (d'après)

111 — Le Colin Maillard.

Charmante composition d'une grande finesse et d'un beau coloris. Peinture à l'huile sur panneau.

MIGNARD

112 — Madame de Parabère.

Ce portrait, peint sur cuivre, est une des belles productions de ce grand maître; il est monté dans un cadre en
bronze richement ciselé et doré, aux armes de Louis XIV.

MURILLO

113 — Son portrait peint par lui-même.

Peinture unique!... Il provient de la collection de Florence,
il est monté dans un cadre en bronze aux chiffres des
Bourbons. Richement ciselé et doré.

VAN BLAREMBERGHE

114 — Scènes militaires :

Un défilé sous Louis XVI ;
Une Fête militaire ;
La Leçon d'escrime ;
L'École de peleton.

Quatre jolis fixés ayant été sertis autour d'une tabatière
Louis XVI.

VALLIN

115 — Bacchus et des Nymphes.

Bacchanales en l'honneur de ce dieu. Charmante production de cet artiste, qui eut pour compagnon d'étude le
célèbre Prud'hon; joli cadre Louis XVI, en bronze
ciselé et doré.

WOUWERMANS (D'APRÈS)

116 — Le Départ pour la chasse.

117 — Le Retour de la chasse.

Ravissants paysages à l'huile d'une très-grande finesse et
remplis de détails, dans des cadres à amours avec attributs richement ciselés et dorés. Ces deux numéros
pourront être vendus ensemble.

118 — Le duc d'Albe.

Joli portrait à l'huile, dans un riche cadre pareil au
n° 119.

119 — Catherine de Médicis.

Charmant portrait à l'huile, dans un cadre en bronze doré
et ciselé.

120 — Henri de Guise, duc de Lorraine.

Petit portrait à l'huile d'une belle conservation.

121 — Ferdinand II, roi de Bohême.

Portrait à l'huile très-fin, incrusté dans une pièce d'argent.

122 — De Créqui (le maréchal).

122 bis — De Catinat (le maréchal).

Deux charmants petits portraits à l'huile, dans des cadres ciselés et dorés. Ils seront vendus ensemble.

123 — Claire-Isabelle, gouvernante des Pays-Bas.

124 — Catherine de Lorraine.

Dans deux jolis cadres en bronze ciselé et doré. Ces deux jolis portraits seront vendus ensemble.

RENOU et MAULDE, imprimeurs de la Compagnie des Commissaires-Priseurs, rue de Rivoli, 144.   8198

www.ingramcontent.com/pod-product-compliance
Lightning Source LLC
Chambersburg PA
CBHW060902180626
46818CB00004B/1814